Sanau Newydd

gan Marian Jones

darluniwyd gan Marian Jones

"Beth sydd yn y parsel?" gofynnodd Huw Bob Lliw.

"Wyth o sanau i Sali Sws," atebodd Twm Crwn.

Neidiodd Twm Crwn
i ganol y môr mawr.
Sblash!

Nofio, nofio, nofio,
i waelod y môr mawr.
Tybed ble mae Sali Sws
yn byw . . . meddyliodd Twm Crwn.

"Mae Sali'n byw draw
yn y fan acw,"
meddai Neli'r Pysgodyn Jeli,
"ond gwylia di . . .
mae creaduriaid cas iawn o gwmpas."

Roedd Neli'n iawn.
Roedd y Sardîn Blin,
Marc y Siarc,
a Ffranc y Cranc
yn gwylio Twm Crwn.

"Tyrd â'r sanau i mi!"
gwaeddodd Ffranc y Cranc yn flin.
Roedd Twm Crwn druan
yn crio a chrio a chrio . . .

Clywodd Pry Cry Twm Crwn yn crio.
"Pry Cry ydw i.
Wedi dod i'ch helpu chi," meddai.

"Ali Bali Shali Bâ!" gwaeddodd Pry Cry.
"I mewn i'r hosan, Sardîn Blin!
I mewn i'r hosan, Ffranc y Cranc!
I mewn i'r hosan, Marc y Siarc!"

"Tyrd gyda mi, Twm Crwn,"
meddai Pry Cry.
"Awn i chwilio am Sali Sws."

"Dyma hi!"
"Helo Sali Sws yr octopws, dyma wyth o sanau i ti."
"Diolch yn fawr, Twm Crwn. Diolch yn fawr."

"Mae'r sanau'n hyfryd!
Mae'r sanau'n lliwgar!
Mae'r sanau'n gynnes, gynnes!"
meddai Sali'n hapus.

"O, Twm Crwn bach,
tyrd â sws i mi,"
meddai Sali.
"O na, mae'n bryd i mi fynd,"
meddai Pry Cry.
"Hwyl fawr!"

Marian Jones

Helo blant,

'Rwy'n siwr eich bod yn hoffi derbyn anrhegion weithiau. Mae hynny'n gwneud i rywun deimlo'n hapus iawn. Peth braf yw cael *rhoi* anrheg hefyd, yn enwedig i ffrind gorau. Yn y stori yma, cewch wybod am y drafferth ofnadwy a gafodd Twm Crwn wrth geisio mynd ag anrheg i'w ffrind Sali. Cewch hefyd gyfarfod â rhai creaduriaid rhyfedd iawn sy'n byw o dan y môr . . . ond byddwch yn ofalus . . . peidiwch â rhoi'ch wynebau'n rhy agos at y llyfr . . . rhag ofn i chi gael SWS!